枕中

严琛华／著

天津出版传媒集团
百花文艺出版社

图书在版编目（CIP）数据

枕中 / 严琛华著. -- 天津 : 百花文艺出版社，2025. 5. -- ISBN 978-7-5306-9016-1

Ⅰ. I227

中国国家版本馆 CIP 数据核字第 2025HB0528 号

枕中

ZHEN ZHONG

严琛华　著

出 版 人： 薛印胜　　**责任编辑：** 张　雪

装帧设计： 未来趋势　　**特约编辑：** 王煜然

出版发行： 百花文艺出版社

地址： 天津市和平区西康路 35 号　**邮编：** 300051

电话传真： +86-22-23332651（发行部）

+86-22-23332656（总编室）

+86-22-23332478（邮购部）

网址： http://www.baihuawenyi.com

印刷： 三河市元兴印务有限公司

开本： 880 毫米 ×1230 毫米　1/32

字数： 145 千字

印张： 7.25

版次： 2025 年 5 月第 1 版

印次： 2025 年 5 月第 1 次印刷

定价： 79.80 元

如有印装质量问题，请与三河市元兴印务有限公司联系调换

地址：河北省廊坊市三河市黄土庄镇尚庄子村

电话：0316-3180002

邮编：065200

谨以此献给我的十九岁
纪念我的眼睛
赠予爱我的所有人

严琛华
2024.5

目录
CONTENTS

第一辑
城市 · 解题

001

第二辑
旷野的鸟

031

第三辑
远方的风

057

第四辑 尘中白马

083

第五辑
枕上人

107

第六辑
生活碎片

133

第七辑
思忖者

171

第一辑 城市·解题

欢迎你入梦

当你还未入岛，梦
已悄悄坠入你的眼睛
你无法遥望这里的大海
左眼早已藏进了云层
无需着急，右眼
会在此地失去它的领域
白云都知道，这里
该是一扇门——
也许通往另一个梦境
也许走进另一个自己
都是缓慢的，如这里的人
他们会一直招手，迎接
你与梦的邂逅和到来

白鹭女神像

她凝望湖面的太阳
石化的眼睛给予她光明
脊背上的鸽子，四季
停驻在她的肌肤上
她触不到湖水和天空
各色的人甚至猫狗鱼虫
呼唤她女神

宁静的午后，一片流动的云
她抓一把，打理成
手中的发梳
惹人怜爱的一面，难以捉摸的寓意
深深嵌入草地的脚印里
衔泥的麻雀，它好像发现了什么

无名街

在夜里繁华的地盘之上
老街锋利，用夜猫的爪子
网罗白日闪躲的疲倦

无数妆容褪色，只留下
黑白的叹息。迷失的腿
将他们送进这有名的老街
它的成名因司空见惯
荣获“无名街”的美誉

你知道，心是华丽之时
在这里便该隐藏起来
摊贩是医生，药方写着
无数个定心丸

你仔细听，快抬起头！
试着在星空下走一走
去触摸一段安睡的神经

白鹭洲

白鹭在觅食
在小洲上，在城市里
我听着湖水的声音
流淌，像白鹭的心跳
在这片人造土地上
每座大厦，都是
白鹭的伞。只要雨一来
裹挟着狂风
大厦里的人就眺望
一个眼神，白鹭
就有了更为牢固的家

机场的秘密

回来是一种起点
离开是另一种起点
分别，要穿过迷眼的云
轻盈的脚步响起声音
悄悄走还是会被察觉的……

我丢弃情绪，回头观望
意外发现隐藏于此的秘密
有人停留，有人远去
有人相拥时嘟囔着万古不变
有人如临大敌
把生活寄托在这里

轮渡码头

不用眺望大海，你只需
伫立码头，伸出双手
打打招呼的时候镌刻笑容
那艘载着诗集的游船
就会飞跃一束花香
向你驶来。有时你等待
是一抔比花更香的泥土
它曾经种植过这座岛屿
现在，已经退休
它愿意为你的笑声游来
也许一半已经零落在大海
另一半会撞向你的右手
贴着你的目光，道一声
如诗的早安。早安！

在书法班

一群熟悉却陌生的人
把玩各自的毛笔
有时，我在恍惚中望见
柳絮中，执剑的人
在空旷的湖面斗争

呵责从门口跃来
我是一只收翅的麻雀
伫立高枝
等待一场行云流水

我们的追求
以至于每一个方正的字
存活在老师的瞳孔里

米字格规范几近完美的楷书
似是大自然的恒定法则
一切事物恪守成规
它们修改善变的世间

书城

步入书城，汹涌的宁静
和我交换时间
我在书架上随意旅行
随意，却并不随意

我认可每种文字的组合
构成画面不会缺少无垠的草原
没有沙漠的枯萎，以及
森林的茂盛

我会怀抱角落的椅子
品一杯飞鸟掠过的咖啡
它落在黑白的彩色世界
此刻，我已习惯
书城为我递来的眼睛

旧物仓

踮起脚尖，悄悄进入旧物仓
我害怕吵醒沉睡的事物
也畏惧回到老旧的年代
但转念间，却不该逃避眼睛
这是一种深邃的怀念
我把“老旧”一词换作“质朴”
黑白电视、老自行车、搪瓷盆
纷纷苏醒……仿造的中医馆
是另一代人的藏身之处
香草药包以看不见的阵法
守护古者的生命
一对母女驱赶尘埃
在老式沙发上变换拍照的姿势
照片定格的瞬间，所有事物
已成为旧物仓的一员
当旧的事物不再陈旧，我们
在进步中怀念过往，也在倒退中
进军还未谋面的日子

镇海路的幻想

从地铁站出来，静静地
我伫立在镇海路的边缘
风挤过大楼的缝隙
交汇，与我的意识

这宽阔又狭窄的十字路口
车与人，如一群飞鸟
如我露出海面时望见的云
消失在楼的礁石

我的前后左右
四个难以选择的归宿
我赋予面前的路追求自由的蓝色
左侧是热烈的红，右侧是勃发的绿
以及，背后的白

无人拍肩问我这些颜色的意义

我把灵魂摆在这条路上

任何时代的事物都向我奔来

它们嗅了嗅时间，匆匆走远

钢琴博物馆

旋律在一棵老树下捉迷藏
我寻找，四处都是它的影子
这清脆又绵延的琴声
牵我走进一段历史

这里的琴不是亘古不变的
三百年前到现在，它们——
一段生物的进化史
有人类血肉一样的意识

一架像一个孩子的钢琴
被一个孩子轻轻触碰
他的手卷起一阵风
风止时，我清晰地听见
小字一组“啦——”的叹息

这是人们定为标准音的琴键
音乐因它标准了无数个时代

四周的掌声为孩子响起
那些被时间洪流洗去生命的音乐家
在他的身上浴火重生
他们用贮藏在琴键里的旋律
跨越几道比天高的历史围墙，刻在
另一代人的石碑之上

海的栈道

低头，望见栈道下跳跃的海水
日复一日为触摸更高的地方
它们攀上悬崖感动热烈的阳光
它容许它们以水蒸气的方式
去触摸高处的云

卖珍珠的老人被日光亲吻
草帽在他手中与海风竞争
他坐在栈道上贩卖大海的风情
贩卖指尖留不住的时间。我猜想
他准是要换来一朵自己的云

信号灯

沉默被安装在城外的信号灯上
我清晰地听见它用闪烁的光
示意众人。这是一种反复的絮语
倒数，接着倒数……
除了三种颜色，它无话可说

它有勒令别人的自由
身旁的月季花已经零落了一分钟
它有无法动身的苦衷
不远处的银杏树已经扎根了十年

我无法用深海那种蔚蓝的想象
比喻这些模糊的数字

一个抽象的概念奔来
有如它会用每场路过的雨
昭示每个路过的人和车，这世间
存在一双被木绳捆绑的铁锁

在黄厝沙滩上

这里的海只适合晚上看
那时醉了酒，看海
像看见一条长长的隧道
你需要灯光和音乐
才可以穿越到隐秘的远方
人们坐在沙滩椅上
晒着月光，数着星光
假装失眠，为了一次阳光
——那是海上的日出
只要在一瞬，拍下照片
就会变得真正失眠

沙坡尾的艺术

我当要早点步入艺术西区
那样，我的灵魂就会融化一次
做一个大名鼎鼎的艺术家
至少我知道，我的到来
会在此处成为一段历史故事
无需他人懂我，我有
自己为伴。抬头望一望
会有两座高塔为你遮一次风
我只需把这里画下来
用眼睛，成就一面艺术
把自己当作馈赠，送给这里
我的全身都会奔向另一处
奇迹一样的某地，遇见某人

转角遇到海

转角的屋子被蓝色融化
它没有遮住
我望向远方的眼眸

红瓦的楼房屹立
在小岛上执剑
挥斩另一张大海的网

我的步履交错在小巷里
我 360° 旋转身体
光射入我摆动的手中

我扒开转角的窗子
学游鱼奔向蓝色的镜子
天空拥抱褶皱的衬衣
大海笑了上钩的我

集美学村

好啦，该在这里走走
你总会望见小鸟停驻的枝丫
又一次，在这里发芽

我伸出指尖描绘龙舟池
人们就和时间赛跑，却跑不出
你藏在这里的故事书

我们聚集在这里，就把大海
挂在眼睛里。你瞧
我们的声音折成了纸飞机

我在结冰，你在烤火
这里是另一个疯狂的间隙
我们都在书里极限飞舞

黄昏与十里长堤

十里之长，而你望见的大海
远不止如此。那里有——
灯塔、列车、海鸟
以及一个数不尽的黄昏……

记住，此处不许止步
那样会丢掉了照顾你的风
歌声不会聆听你的睡意
你的眼睛才是这里的无尽

请把疲倦交给大海吧，寻找
你喜欢的草地，在黄昏里
与一支乐队歌唱潮汐
那才是卸下了时光背包的你

城市·解题

傍晚，六点二十七
我抛下天空，自己行走
面对某一辆车就止步
我在车声里
——阅读、做题……
在霓虹灯下
——吃饭、喝汤……
用急促的呼吸
——洗脸、刷牙……
我把身体送回家，把自己
留给以后某年某日
我想向一个陌生的行人
写下一封信，问他
——x 是否等于 y
他告诉我，把自己抛开
回信：眼睛 = 飞机
原来这就是城市的解题
我习惯无尽的吵闹
所以，我的空间
是另一种安然的寂静

吹埙人

可以听见，吹埙人伫立在三个角落
十年前的村野，五年前的戏台
还有一年前，一个人的眼中
我们坐在艺术馆的西南角
有我，有七岁的女孩，有一位母亲
有一对相依为命的老者
有一只偷跑来的猫
我们远望那人捧起陶埙
也看绿枝长出新芽，像捧起生命
至于是谁的，我们不知
——不会知道，更不想知道
我们听见他吹来一场秋光
在这白色的春日里，比青草更蓬勃
可是，我本该在春天嬉笑
却在他的眼前落泪
只有那个女孩、那位母亲
那对白了发的人，还有那只猫
背着我的眼睛，笑着鼓掌

艺术楼的音乐风暴

一尘不染的贵妇人——
作为艺术楼最高贵的外表与形象
她的眼睛，宛若她的心脏
干净而深邃。但这，并不是她的奢侈
造就灵魂。乐器的主人联合
发动这场音乐风暴，点燃的灰尘
逃之夭夭。打击乐的手指敲击
平凡而热烈的日子；弦乐是绵延的山脉
管乐与弹拨乐的对话，我加入其中
嗓音是我演讲爱意的主题稿
钢琴是心上人的瞳孔，乐谱由我
谱写。这场交响乐在她的精神里
成为一个水灵灵的孩子
我是她的欢喜者，她是风暴制造家

匆忙

身体随电单车静止
行人在倒退。彩色车流
流失于右眼

风烧毁头顶的枯草
黄灯覆盖绿灯。眨眼
红色信号灯在天空咂舌

心跳砸穿干枯的喉咙
汽笛无章乱奏
麻雀跑调，歌声渐行渐远

绿色忽现顶空，万箭齐发
我射不中时间的火靶
算了，明天重新瞄准它

万象新城

夜深了，它打起霓虹灯
一时，朝你挥挥手
你或是行走，或是奔跑
最后都要改变，做那飞行的人

总该学着酒精从一处跃来
那里有东方的、西方的看客
看不见南北的艺术，为了你
我只可背对着万物前进

怀里揣着威士忌，听说
那样就会几近醉意，宛如你
在城市的双眼里打转
在逃跑的音乐里睡着，而后
凝望着一条悲悯的渐近线
大喊一声：停下来

两处风景

去城里为了如画的风景
牺牲另一段山水的歌
我走，我走。我的耳朵
一步步跨进这座城市
在一所西式学校旁，折腾
捣鼓一段神经。那该是
钢琴的江，提琴的河
都将汇入汪洋大海

此时，我突然想起——
家里那群孩子的笑声
正随他们在湖边抓青蛙呢

彼时，便有了两处风景

书屋

我放空自己
不知道何为时间
楼下的书屋
抢在我之前呼唤我
我飞奔下楼
踮起脚尖，轻轻地
再轻轻
踏进这里——
孩子在书里欢歌
老者在书里饮酒
我在书外看见
墙上挂着的
是“公益书屋”四字

第二辑

旷野的鸟

回到故乡

从恼人的乡野
长成了野性的城市……

从恼人的城市
落成了野性的乡野……

我可以停止呼吸
然后借那风的列车
做一只哑声的飞鸟
从一个旷野，雨落时
飞入另一个故乡

夏夜的雨

我的身体和院子的草木繁衍生息
夜雨安静，眼神呼唤远处的猫
雨逃进我的耳朵
和我熟知的声音混为一体
共同盛放一个久违的夏
我悄悄躺进摇椅的臂弯
一条在蒙蒙细雨里摇尾的灰犬
消失在不远处……
它如一段平缓的旋律沾染上
夏夜的白砂糖
甘甜的气息浸染我的影子
随着远处驶来的汽笛声，伴我
缓缓进入梦的雨夜

大黄

大黄喜欢在老屋角落
把打哈欠当作致敬
柴火堆，小巷子，杂货铺
是它稍远一点儿的家
或旅行的意义。它吠一声
奶奶就多出一条皱纹
它轻轻一贴近谁
谁就会年轻那么一岁

古墙

当我站立身体，古墙
悄悄地铸造自己，又
向我驶来。我听见
它说自己来自一千年前
我看见他的皱纹长出
一段青苔，比红砖
更令人心疼。止步
我该怎样做，它才能
继续呼吸？是把它藏匿
还是诉说它的心声
让厌恶的人装作哭泣

补

外婆缝补衣服，就像
缝补了一个归宿
她把针当作一寸稻苗
把线拉成了一阵轻风
她捡起一地疲劳
填起屋外下雨的天空
她把针线攥紧，这个家
又可以望见多年的雪

守林人

往后看，已身处林中
眼睛是雨，滴穿
老树的皮肤：你听
谁？他流淌在樟香里
吊桥拉开江河，树林
隐匿在河底，写在
他的手上
樟树皱成他的面颊
耳朵折成故乡，敲开
绿色的木盒
繁茂是他的辽阔天空
我是他的眼
四面青山的地方
樟树林是他的脊背
用了劲，把他举起
然后，高高挺入云层

故乡的稻草人

它几近裸露，那样
帽子能藏下一条隧道

院子没有鸟雀鸣叫的时候，它
也渴望在梦中远游

可是，腿已经长出了嫩芽……

村落

南也不来，北也不往
我无法触摸他投江时的身体
那是一片遗落的树叶
没有颜色，没有形状
掉入所有被石头填埋的江水

有人看透了木门后的字
那里镌刻着江水刺破的眼睛
如泛舟者，在水里逆行
他寻不到躲在水底的大鱼

“这里有没有江？”
数不尽的碑文是答案
都迷失在这古地的青山里

隔代人

一座冰山，藏在
他的瞳孔里，也躲在
海底融化
我能看见的一角
是唯一的与阳光共舞者
他不在意，我却最想保留
这些宛若碎镜片的东西
父辈与他的距离，也是他与我
一种若即若离。偶尔
我们近了些，在树下乘凉
共听树上的蝉鸣
偶尔远了，他不说话
自认为这是一种消遣——
路过的眼神时常比天上星昂贵
他摇起蒲扇却没抓稳
风早已抚摸了每个人的脸
每个人捡起蒲扇的动作
要么无风，要么狂风

老桥上

老桥上的风不老，轻的
如耳语拂过把它作酒的人
老桥衣衫褴褛，它接待
数不清的、不像风的风
不知这风哪来的勇气
学人不说话，悄然来
又惬意地扑进老桥怀里

黄昏是老桥的命脉
问路的夫妇紧紧牵手
抓一把风和时间，轻声支吾
——老了，寻一个祈福的地方
我用乡音告诉他们
轻一点拨开这片人潮的晚霞
老庙就在远山上

家乡的河

这只野兽还未苏醒
桥，一条木制的腰带
捆绑它褶皱的手臂
它伪装成沉睡的少女
佩戴一条船型项链

春天吵醒野兽
我用眼珠指挥它挣脱
水鸭逃离心脏
执笔的大雁化妆
夏天的面容若隐若现

劳作

一只麻雀撞入我的怀抱
它呆头呆脑，在地上打转
抖抖懒翅，用沉重的轻盈
飞上房梁，筑一座小巢

仰看展翅的它，一点一滴
为草根寻找另一个归宿
看门的小犬，看主人上膛
指尖打下了劳作的骄阳

县城

没有多高的楼
鸟儿在此处低飞
抬起头，几片白云
和哪儿的都一样
走在路上，没法奔跑
我清楚听见，牌局
一老一少的对弈
县城，让年轻人捕捉
一片田野，再逃往城市
让老者记下幻想
依偎在乡间路上

柴火里

知道爷爷总下雨
一半落于纸上
一半落在柴火里

北风捎走未湿的纸
柴火染尽了雨
奶奶不打伞，却还干着

知道雨后晴空万里
奶奶把时间和自己
揉作白云，送给爷爷

晒晒太阳，纸老出
雨的皱纹。随干柴点火
赶走几个严冬

纸上写下的忘了
爷爷不下雨，又点柴
柴火里瞧见奶奶

宅院

老井比人老，宅院
比井里的水宁静
我在此地望见过去
一人，爱另一人
把沉默留给了木门
就像老者，喜欢寒意
把没人的地方
当作一辈子的归宿

集市上

踱步。身体在东门左右挪动
太阳是集市的脸
洗亮了，学我走路
今天，它不穿白色的云

光线蹭我，我像原地不动
腿离家出走，背我移动三万步
机车像危险逼近两侧的行人
行人靠近我，我紧挨卖菜的夫妇

突如其来的距离
置换男人的吆喝声
说话没有成本，但野心勃勃
上扬的嘴角弥漫生活的欲望

女人的沉默被大风刮走
此时，白菜是便宜的奢侈品
我的手又多出一个负担
我将在他们的唇齿间收获饱腹

瞳孔中，一条麦浪上的桥

游动在人的朴实里

我放下重量，加入鞭炮的合唱团

歌颂追着光奔跑的婚车大队

肖像

提起笔，我想要刻下的
有家门前所有的宁静
有一只不吃骨头的大黄狗
有雨天不打伞的人
有一个我。四处都是山
我不喜欢这里。那
请我仔细观察吧
一切风景都宛如爱情
看得清了，就容易发呆
不知道物极必反，但
就是厌倦了。没有缘由
像一幅摔倒的肖像

竹蜻蜓

竹的香氛
从我的手心抵达
大陆山林的某一角
起飞、翱翔、降落
三个经历，周而复始

恍惚之间
我遗忘掉它的名字
脑袋是一张白纸
反复折叠快乐
竹蜻蜓踩出小路
纸飞机私奔在巷口

第十八次升空
跃过红砖围墙
身体震惊，心却平静
它落在一座深埋的坟茔
没有墓志铭
我们都是守墓人

谈笑

我在镇上面馆停歇
一个人数着碗里的面
一根，又一根
我如生病的野兽
眼睛想要得到
身体却已殆尽
我听着门口的声音
那儿围坐着四个老人
四人总笑，说了
几辈子做不尽的傻事
每说一句，我碗里的面
就悄然少去了一根

竹哨

奶奶把新生的竹子砍下
做成竹哨，送给
新生的我。我轻轻一吹
风儿跑得更远
有时吹来我的十三岁
还有皱纹。六年前
十二月二十四日晚
我又吹起竹哨
有人在空旷的野外
高高立起了一座坟墓
我不知道，这次
是谁被人们埋进了土

小彩花

篱笆下的小彩花
在我的心里揪揪打结
或许我跨不过它
因为它脚下的一排沙
沙上的一排花

古傩

你看不透面具背后的皱纹
他们走过的路比这突兀
彩色缝补的脸，无人侦查

记住，不会有人用指尖书写
在天空中，留下一行
大雁飞不过的痕迹

把脚印刻在认不清的脸上
会长出第十一根脚趾
直到老树长进戏台，风
在这里迷了路
你瞧，演戏的人咂舌
这里又多一圈古老的年轮

草木人间

草木在人间，便成了人
你的话语，恰似一处茂盛
草木会晴朗就会下雨
就像人间情，你看不清
无论、此刻是否落叶
你都该试着拈一支
流动的江水，为草木
赚回这一日的光阴
以及，悠悠吹过的秋风
会告诉你，此后日子
这里还有冬。春。夏。

第三辑 远方的风

去远行

我想，你需要一场旅行
去摘下一颗属于自己的种子
也许树就在附近，但心走远了
路也会越发辽阔——
那将是你还未遇见的时间
为你高高架起的梯子
希望你跑过宽敞的大路
可以伸出双手，轻轻一点
树上的月牙儿落入你的手中
变成你的眼睛，化作药丸

五柳巷

同样是江南，有水
还是无水的地方
都可以酿一壶好酒

同样是人，这里的
却把温柔当作了骨髓
听一听，都是鸟鸣

五柳巷，好听的名字
以寂静换来聊生

杭州茶馆

在这里，你可以选择
泡茶或泡一段岁月
你可以听见猫的私语
你可以吻一个人
你可以悄悄入眠，然后
倒在琴声的怀里
你还可以醒来
对着亲爱的人说
“喝完这杯茶，
　　我依旧爱你，
——直到。天明。”

星洲街

很空。很空
视线里，声音是空的
人也将是。比如
你在清晨寻一家店
一个肉包子告诉你
你是空的。比如
你在清晨追觅一次地铁
寂静会和你说
你是空的。比如
你询问一位老妇人
身在何处。她的眼神
努力告诉你，这儿
是杭州。你会讶异什么
但，这条街不变
又慢、又空

西湖悬铃木

飞絮在驾驭风
我不得不沿湖而走
从未停止过行动
头顶，只有悬铃木
听闻其名“法国梧桐”
我顿时想通了
这来自法国的浪漫
栽种在西湖边
与古色融为一处
我的敏感如飞絮
追着行人，以咳嗽
致敬这里的风景

断桥

我走在西湖旁
迟迟不肯上断桥
因为没有残损的雪落下
也没有人在执伞
等另一人归来

风过无痕，如今
断桥还未老去
上桥的人，却已经
断了几处念想
于是愿意，踏入这里

泉州钟楼

它会不会学鸟儿鸣叫？
我猜，它在这里
指针就会向西行走
那儿是人们踏出的潮汐
淹没了陆地的风情
所有的事物都化作小鱼
在海里聆听钟声回响
然后，睡一觉
明天往反方向游走

五店市的猫

独坐在石阶上，不用站起
已有人为它停止脚步
蹲下的，都是锋利的眼眸
发觉另一种寂静
在人潮里，它可以静止
可以丢掉时间，然后倾听
外面的人递出温柔
打理自己的毛发。哎呀！
它怎么又睡到茶香里了？
好吧，我也是人海里
因它而存在的静谧之人
为它来，就像为风景而来

赣江之思

时间的风吹过赣江
便在周围跃起了高楼
我随着风，登上滕王阁
把眼眸静止，从高处
让一缕火焰向下
又一阵风，几瞬
就携着历史的气息
奔来，跑去
站在阁上，我发现
这里的火焰可以浇灭的
不只有愁绪和江水

南昌摩天轮

南昌之星，只是
一把铁架起的梯子
它在两颗星星的中间
闪成第三种奇迹
好了，你该止息
听它演奏一曲
把你和天上的星星
融为一颗，愈发
耀人的眼眸
你可以和它握手
就像攥住群星
而你在星星里，可以
触摸更广的银河

庐山有雾

石阶处，看得见草木面纱
清泉催促一抹幽静流入眼睛
愈高，愈看不见远处的路
庐山是雾凝聚的，人也是

茶馆外院，古琴拨弄醉酒的人
内庭的一壶茶泡开了时间
雾里的翠绿，走进才知
登高未必望远，一叶细柳看春

长江上的夜风

我在九江一处大桥上
闭了眼，也望见
夜风饮下清酒
在灯光中抚摸我的脸
我没醉，怎么
城市在奔跑
声音也在奔跑
我静止时，也如奔跑
我张开双手，面对长江
幻想自己是长江上的
风的孩子
我在南方某地出生
那样遥不可及
像极了长江上的夜风
猛烈，却无声

在文昌里

我在文昌里追寻归处
这个日子里，人潮退去
最宁静的动作
走一步，要停驻一次
木雕、老人、春风
都是极致的温柔
石板路上，小犬酣睡
唱戏的人不用戏台
只要一次掌声，哪怕
孩童也好，雨也罢

抚河之上

行走的水和流淌的人，在
古老的街道旁，用两只宽大的手掌
从上和下，缓慢地
挤压一座桥——
它是坐落在抚河之上
名为“文昌桥”的建筑
须臾间，成了彰显抚河风范的
金腰带
我停驻在桥上，像是被炙烤
却又冰封了身体——
那是一种看得见的声音，像利箭
刺穿我的眼睛
马嘶时，它是赤兔
鸟鸣时，它是凤凰
却又时而鸦噪，时而蝉鸣

——噤若寒蝉的声音，在最后
呼唤一场大雪降临……
手持二胡的人，头顶这场白雪
于这座桥上，扎根成一棵老树
那场关于情感的故事，在他的手里
次次演绎
我是围观的人群里一颗不起眼的尘埃
在抚河之上，幻想一首
终将随水流去的情诗，到大海

樱花大道

你若驶过这里

身后便落满了樱花

你若停驻一瞬

眼前便成了春池

火山岛

我行至高处
像鸟，推开海风
火山打烊
在海底宁静
没有声音
却比人还乱
坐落在海底的火山
会不会喷发
这就要问我的心
像不像火山

在莲花山公园

深夜，在莲花山公园
站得越高
心也就越低
低到下面的公路上
被车流卷走
去了哪儿，只有
我呼吸时才会明白

或者抬头望，夜空里
灯光推走了星光
远处的楼很高
于是，我的心更高
以至于我对自己
永远是，触不可及

昆明雨记

昆明在下雨，很短
似乎站在雨里
也不会湿润自己

池塘的涟漪
究竟是鱼，还是雨
我分不清

在 16℃的这里
雨下在心里
我的身体在勃发

我在徘徊
风吹过，满天飞絮
比雨更像雨

我在远望
远处西山，高耸
在昆明的雨里

夕阳落在滇池上

还想在这里捕一封烟火
即使心失去了书写的痕迹
还会有行人，为你勾勒
几处来去匆匆的湖泊

当你抬起头时，海鸥
也会想降落在某处
它们放弃一样觅食的天空
选择落进你眼眸的光里

你想，你若捉住了时间
会有多少触碰过落日的人
学你悄悄坠入山崖
把安睡的梦当作了清晨

斗南花市

第三、四、五次……
我为了花香而来
在这里，可以是蝴蝶
是丢了树洞的熊
是山外藏着的星星
是列车里逃离的行李
是我的眼睛。
停！花儿在珍惜时间
我该珍惜它们
送点儿礼物，换来
数不清的第二天

苍山小记

山的脚掌温热，脚印处
春暖花开。累了
浸泡于洱海的木盆里
鸥群是足疗的小鱼
吮吸它的脚背

缆车包裹我们全身
攀上山的身体
古城在瞳孔里变小，成了
山的珍宝——
昂贵的十五阶魔方
独属它可以守护的孩子

世界在山的头顶变大
我倚靠它的白发丝
——冰凉。

马缨花簪子穿梭山的发间
寒风里点缀出一丝温度

木栈道是捆绑头发的皮筋
冰雪是山的帽子
这里的南极洲人来人往
大风刮过，我的心
醉倒在苍山的酒杯里

大理酒馆

饮酒的人，生来
都是不知酒
也不爱酒

今夜，我在南方某处
把一个故事裁开
抛进杯中——

溅起了水珠
还有一片，仅来自
北方的雪花

第四辑

尘中白马

月光曲

还好，今夜身边无人
我在一个人的城池眺望月色
被云遮挡着，还下了雨
自你离开我一千多公里
每首月光曲，就都不及你
我安稳地睡去
看见你在另一个空间造梦
梦里有一把长笛，一本《老人与海》
还有另一个梦

香槟玫瑰

请不要抢夺
玫瑰花枝
香槟色厌恶肌肤
时间触碰
会失去理智
等待
让我与刺搏斗
为你
开辟一束花香

伞的意义

等待雨
我为你打伞，期望
海啸在上空灼烧

伞的意义是没有意义
遮雨是本能
等雨是宿命

我在下雨
你在伞下聆听
我在执伞
你在晕染人间

爱这一辈子

余温尚且在手心
是拥抱过后的你
钢笔洒脱之下
似谪仙拂袖的青衣

时间怀下的定义
是曾经明朗的你
邮局奔忙之间
落下了遥远的微雨

藏

像诗里藏着隐喻
我的眼神藏了欢喜
像诗里藏着韵律
我的举止藏了在意
像诗里藏着排比
我的口吻藏了勇气——
我不知道情深会发生什么
只知道松鼠偷藏了坚果
是人类赋予它的定义

小吵小闹

当沙滩生长出我的肌肤
他就变成海浪
拍打我十遍。晴天里
他轻声细语，按摩
我劳累的身体。我害怕
一个喷嚏，等不来
下雨的自己。雨天前夕
没有滋润的水滴。雷声
轰鸣，震聋我的眼睛
闪电劈中头发
不必扔掉，他会制作蜂蜜
涂抹我身体上的印记
哪有什么电闪雷鸣？胡诌
心河的水掺了蜜
好甜

野性

和他奔跑在旷野
闭眼，睁眼。竹林与河流
屏住呼吸，我们不得不珍惜
雨落前唯一的蛙鸣
我们离开沉重的水底
他回头，天空滴下了
飞鸟的泪。我……
我吹响风的笛子，听见
他从远方传来回声

滴碎的故事

雨滴碎故事——
举起的大伞、珍藏的钢琴
我们的信碎在雨里
如镜，望不见自己
丢了伞、忘了琴声
默读一段眼神
我们如我们，刻着名字

跑一段路，雨不歇息
我们在屋檐下行动
试图销声匿迹
我们庆幸：抬起头！
用耳朵看天
——两只飞鸟衔着湿泥
天空辽阔，一切自如

新年烟火

新年又来了，他却是
第一次出现。今年的烟火里
我看不见尘埃的影
那都换作了他沸腾的脸
像换作一束花，然后
吹起火焰。那是满天的星
都在此刻，你看不见的地方
绽放。能看见的只有他
满天烟火灿烂，如眼眸
不论是谁，都不存在灰烬
或者，我们只记得
我们在夜空努力盛开过
与一群闪着泪光的星
和几个不知名的陌路行人
一起落入人间欢乐

窄巷

伫立在窄巷，等他回来
等眼睛找见了青苔
他忙碌，为一个人
在旧书里从未提及的老城

他说太阳像水，会流走
该学小鱼在阳光里惬意
他说鱼的记忆像我，忘了
就会记不起……

悄然，他把自己嵌入我
向前观望的眼神。归来时
他掉入窄巷的陷阱——

这些恼人的青苔让他跌倒
躺好，天上有两只飞鸟

我在等一阵风

我在等。站在山坡上等
等风吹来落叶，然后
我就可以为这件事伤心
挤一挤眼睛，流出
两滴火焰。但不是湿润
只好任其烧一会儿
只要一瞬，引燃一点烟雾
让他看见。这是无意的
我可以跑下山坡
在被石头绊倒的那一刻
抢过狂风手里的竹枝
划伤自己的脸
然后逃出高处，祈祷自己
一定要相信，初秋
是最爱一个人的时候
就像我欲哭无泪
只有他能为我这只野兽
披上风衣，任我大声地哭

没错

他们说，我们有错
我们会是失了水的鲸
会是海上不该浮起的岛屿

他们说，我们在逃
我们像没有轨道的火车
是难题的另一种解法
我们生来无解

他们说，我们该改
我们像南山里荒废的庙
是不该生长的野花

他们说的是什么
我们听不清。耳朵里
我们只储存了对方的呼吸
我们没错。对，没错

无限

阳光是无限的，或者
你是无限的吗？
我在北纬 27° 18′ 8″ 的地方
说了一声我想你
你听见了吗？
我在东南丘陵，我
离不开这里
但我可以抓住一把阳光
丢到长江以北的地方
但却轻轻地放入
你无限期望的眼神里去
你触摸到了吗？

也许左右是答案

我喜欢面向蔚蓝的大海许愿
爱一只海鸥如自由的他
他不喜欢海的对岸依旧坦平
就告诉我白云重复走过的一生
像一场雨，比光还要快
爱朝远方呐喊，这我们唯一的欢乐
大约是通往对岸的桥。想着打开
海啊，还是把我们拥抱在怀

YI

白日，把你的手
当作一张棉被。你是我
不敢多看一眼的神医

共眠，我捡起枕头
和你踏着碎步入梦
你是我的心跳，无疑

远行，风围起你的城池
只要天不下雨
我们就有山川可倚

飞鸟，也会弃剑此地
它飞上树梢鸣叫
如我见你时的中意

寄予人间的火光

总会无意中发现什么
像阅读《普罗米修斯》
听见他的絮语——
“你是我找不见别处的人间。”

他眼里有微弱的火苗
一时烧了我的荒野
也赶走天空下呜咽的老鹰

透过火，我坠入
他的影子。亮堂堂的地方
他比这影子黯淡

没关系，我黄沙漫天
不再将棉袄的温热当作孤城
张开双手吧，快！
快点儿迎接他回家

什么是爱

当他变作玫瑰
就会为我收起所有刺
哪怕折断了根茎

当他变作车窗
就会为我遮风挡雨
哪怕起雾模糊了自己

当他变作眼睛
就会为我忍受孤独
把美好的万物送给我

当他变作我时
我也选择变作他
然后互道一声晚安

岛

记不清在这里待了多久
在海浪起伏的夜晚
分割日暮到日出的疲倦
我们之外，无人倾听
寒风会吹去海浪的热情

沙粒把他高举而起
对岸的陆地，灯光歇息
眼里起雾，他留给我背影
昏沉，像擦亮火苗
海风有事要忙，那一瞬
海浪如我，轻声沸腾

他独爱这匹白马

他是一支钢笔
热衷绘画，喜欢
遇见他就变成白纸的我

他画白马，为白马勾勒
我笑他傻，描绘白马
用到了墨

他笑我爱笑
我看见他眼里的光
白马是风景，风景是我
他独爱这匹白马
——有刺，布满尘埃

一

一根吸管

一杯奶茶

一间屋子

一对恋人

一路驶来的列车

列车里的旅客

透过车窗，远望

屏息的我们

有一，便不是

零和二

跳跃

我喜欢跳跃，哪怕
依旧碰不到飞鸟。是不是
男生必须低下头
才可换得另一人赞同
性格羞涩。那是我失了明
却与另一双眼眸相恋

但，我不会向前跨越
一左、一右，他追上我
不誊写一字在掌心
他触摸我的左肩，学会
自己颤动了双唇
那样无声，却又不卑

长大

在 15 岁长大
我把笔下的文字
当成了家

在 16 岁长大
我把爸妈的笑容
当成了家

在 17 岁长大
我把自己的快乐
当成了家

在 18 岁长大
我把我心爱的他
带回了家

第五辑

枕上人

吻瘾

我的心脏，在碟子上绘制
一块三角蛋糕
叉子热吻奶油，草莓
抚摸唇齿
甜蜜，交替在我们唇间

耳畔的轻风
微甜。
悄悄话燃起我半边脸
我没有理由回答
你的吻瘾

心跳，
一个最动人的答案
你听

电梯

电梯从 21 楼落下来

　　我。

我静立在一楼，希望

　　本。

本无他的地方，他可以

　　就。

就只带一杯酒下来

　　是。

是醉了的两个人，炙热

　　要。

要不要把他拥在前身

　　爱。

爱上那次他隐隐的私语

　　你。

“你可以上来吻我吗？”

　　一。

“一次就好。”

　　万。

万幸，他从高处下来

　　年。

年复一年，落在我身边

小气、悭吝……
我观万物，却想不出
什么词可以当作他的王冠

雨天执伞，他保护一个吻
闹脾气的时候，他腾出
甜甜的笑。只给我看

遇见我，他把所有情话
换作糖果。我笑
他伸来一颗甜的
我哭，他就改变眼神
给我最多、最甜的温柔

我尝一颗，忽然想起
他是个吝惜的人
自己把酸吃尽，也不愿
让我看见一抹泪痕

窗帘

清晨安静，可以听见
水已浇灭两处火苗
我的嘴上了锁，手摸一摸
身旁还有一个呆子
他躲开我，走到窗边
准备肆意张开怀抱
拉开窗帘，让阳光飞跃
我的脑瓜大叫一声
Stop！窗外还有条狗！

枕中

我枕着你的右手，就像
枕了一条奔腾的河
你的血液从心脏流至指尖
在我的右脸，潦草写下
我的名字。你说
你要用最快的速度
在我们入眠前表达爱
那声音不会因此流失
去到不懂我们者的耳里
你说，只要关着灯
你就会变成雄狮
在黑暗里，我这只猛虎
也斗不过你凛冽的眼睛
你还用了沉默，或者
滚烫的身体告诉我
“Ton nom，mon cœur.”

此处人间

你说爱情不可信

所以你与世间为敌

巧了，我也是

敌人的敌人就是朋友

既然这样，你好！

我是你的人。笑一笑

陪你游戏此处人间

橘树

我喜欢橘子，他也喜欢
甜甜的味道睡在眼神里
他说像我、像胎记
像看不见的唇印只能倾听

我不喜欢橘子，他落下橘叶
眼神里长出一棵橘树
他说像我、像疤痕
像老院里的爷爷奶奶
与大黄狗吵了一生的皱纹

池中

生气的时候，池里的我
比他爱的我更让人心疼
他把我的恼火丢到荷叶上
就像池子里开出荷花
学会了一刹那的寂静
我们围着池子打转，就像
拥抱对方时的窃窃私语
散步是最后的日子
他捡起石子丢入池中
每滴跃起的水珠都是吻痕
里面有他笑时的影子

雨夜

我把梦送给雨
他醒来，在昏暗里寻找
我布满风尘的呼吸
昨日的咖啡在唇齿间
念起一首短诗

拥抱久了，就像短诗一样
谁也读不懂
他打开落地灯，把梦给我
抚摸床边的钢琴
又独自听外面的雨

痣

脸上的痣，是他
吻我的证据。听他
在我耳畔的呼吸
一促、一促
如猫慵懒地睡
如犬轻声支吾，词
只有我们可懂
这颗痣，为他生长
停止时，是浪潮
如热风奔涌而来

房间

喜欢一个冬日早晨，窗边
他看书时低下头
一束光“噗通”一声
掉进我这会下雪的眼睛

我听见自己的呓语
看见醉了的人在欢歌
他抬起头，偷了我的光
让影子奔入我的雪地

他笑一笑，摊开窗子
风吹来一阵火焰
窗外，只有雪落下的声音

归宿

当我把爱置于眼前
他的出现就是另一种美感
也许我的哭会让他融化
那么像桃花落在雪中
就是得不到的东西
我提笔写他，让他落笔
有了可以追求的意义
他的眼里藏了我想去的归宿
我低下头，只是为了
他可以温柔、亲切、热烈
就一次，吻我的额头

谎言

如果世界是某个谎言
那我相信他坚硬的身体
会是谎言外的谎言

比如我看向他时
他的耳朵，看向我
比如我听见他时
他的眼睛，听见我

如果我对一个男人说
“我爱你”
他的回答，就会是
于这个世界之外
最大最大最大的谎言

好吧，我承认
他不是谎言，他是……

银幕

入场了，他说怕黑
怕看完一场电影，就走过
一条看不见的小巷
他怕那里有两条歇息的小犬
怕听不见脚下生长的青苔
怕绊倒了，我会像老拐杖一样
断开，他找不到另一截

我们闭上眼睛，好像
走在银幕里的老街
把对方推到耳边，说着
只有我们才懂的秘密
突然忘了时间在融化
忘了银幕里的冬天在下雪

我睁开眼睛，察觉
他已牵我奔过他们的身旁
我不讶异，我们无法变成他们

寒风路过放映厅，悄然降温
我把围巾系在他的脖颈，他抱紧我
透过昏暗的光，我看见
他的眼神写下一句话——
“相拥的我们，不在乎寒冷的季节”

你的月光

——为纪念『我们』而作

其实有两颗月亮，倒在
星星里。你的存在
令我无法拆解这混合的光
像水里的碎镜子，回答
在今夜造就了意外的眼睛
你的左眼盛了一杯月光
你的右眼看向我，谛听
——再听。

一颗碎石投入湖中
并没有独一无二的你我
两颗月亮同时扬起嘴角
一颗逃出你的左眼
另一颗悄然安睡在
你右眼里的那片小湖上
听！你攥着月光
躲过群星、踏过夜晚
脚步声先大后小向我奔来

礼物

风是我的造型师
头发凌乱，像一只小犬
精致。我不号叫
安静地贴在、风的脸上

脚下的自行车踏板
画了无数个圈圈
我数不清。倒退的房子
接近我，远离我
并不在意。逐渐清晰的笑容
第一千零九十五次、遇见

我是风送给你的礼物
包装盒略有破损
内容像心跳、完整
眼神躲闪，不要再对我笑了
脸已经红得快要、沸腾

大雾

城市扼住大雾的心脏
雾里看不见伞，我知道
远望你，我陷入迷途
阻止不了一场火焰
在迷离中点燃一根烟
它把你带入眼睛
无需过问视线归谁
你在那头问候
我便允许自己触摸
你透过大雾听到的快乐

生日快乐

今天是我 X 岁生日

今天是你 X + 3 岁生日

今天是某年 3 月 5 日

我不祝你生日快乐

我不祝我生日快乐

我只祝我们，在一起时

都像小犬一样快乐

“祝我们生日快乐”

拍照

你可以拍一张照，证明
我们都曾是一只小猫
照片里，你仔细看
有你厌倦的一杯咖啡
有我冷静时，偷偷
吃的白色巧克力
你丢开照片，笑着
在此刻举起相机
而我滚烫的脸告诉你
把你作为人间
该怎么定格一瞬？要爱
你我就当如奔流的河
越过高山去见海

牵手

你的右手，猛地
牵起我的左手
不吝啬，把自由
都给了我

我的右手大胆
写下我们的诗
你的左手勇敢
举起了这本诗集

你的嘴唇颤动
原来，是为我读诗
我的嘴唇颤动
好吧，我只会吻你

十指扣紧了，我们
就是诗里的人
如你心跳，唯一

楼道

楼道很空，很空
像一个人的心，天黑了
就黯淡无光。但
还有一道绿色，指引
某人走向某处
推开门，只需一点点
沉重的力，就可以
见到光。哪怕只是微光
或者黑暗里，一个
曾来过你心里的陌生人
为你轻轻按开手电

我愿

我们在六月遇见
在一棵树下
在一段蝉鸣外
在几个孩童的追逐中
在一片青草地上
在一方池塘边

我们在二月分别
在火车站前
在人的浪潮中
在新年烟火的盛放下
在一座大城市里
在一片雪地上

我愿失明到六月
用疼痛，祭奠二月
我愿等风声停歇
等下次，再见一面

第六辑 生活碎片

正值清晨

雨敲窗把我叫醒
它们随木棉花盛放
风吹落树的红色
抚摸花的长裙

沟壑挖空了树，雨
在树的皮肤上汇聚成河
木棉随河远去
辛劳地表现容貌
她们努力展示最后的鲜艳

我翻阅挂历，仔细搜索
木棉树凋落的日子
花已经流走，明年再来
又会有怎样的别致

花瓶和玫瑰

碎了的蓝色花瓶，碎得美丽
如它生前怀里的玫瑰——
伤人的尖刺、诱人的花瓣
玫瑰倒在身旁挣扎
躲过我，伤了你
我拾起花的沉默，嵌入
透明却看不见心的塑料瓶
绿色的枝条穿上婚纱
母亲对我的呵斥
此刻，成为喜爱它的眼神

对联

新年，哥哥一人归家
立在椅子上，正贴对联

爸爸抬头，望向横批
低语“合家欢乐”

爸爸用更轻的话语
对哥哥卷起猛烈的风

“对联都是 2+1
——你怎么只有 1”

壁虎之难

在侄女房间歇息，直到
一只壁虎出现
那像发生一场战役，我逃
因它，我耗费所有时间
我们在狭窄的房间里奔跑
一瞬间，壁虎断了尾
惊喜的侄女突然害怕
害怕的我一直害怕

听力题

有时，你会听着
广播里的碎碎念
然后飞快动笔
好似一束光来过

有时，我在听着
耳朵比脸红
然后飞快动笔
好似从没有来过

广播在忙碌
但，我更忙碌
可只要你一笑
我就知道了结局

雨中

雨降落在冷夜
我撑起伞像撑起了一片天
路灯是这里的启明星
微弱的光告诉我
此刻，我该回家了

雨水湿了我的鞋
就像湿了一段记忆
电话千里迢迢赶来——
“奶奶去了云间，
她要你好好念书”

爸爸的抽噎——
那是一颗跋山涉水的子弹
击碎我的影子
路灯暗下来
我和黑暗融为一体

风刮过，雨歪得很突然

或许，我在雨中奔跑

奶奶就在云间晕染

那些她曾抚摸过的温热

列车

窗外，风景在倒退

列车正在行驶中……

种花

人在无聊时有了追求
我在无聊时想起种花
我大肆宣扬我的想法
种下几颗喇叭花的种子
在睡前幻想一刻
它将在明天开出花来
然后失眠。像一场大考
我明白，人有了追求
睡觉都是在枉费生命

风与树

这次，风是自北向南的
如同一支隐形的弓，拉动树的弦
风里紧紧拥抱的人，比羽毛重
树下跳跃的麻雀，比石头轻

风模仿了树的存在，树剪切了风的自由
而我在风中的树下
不愿意挂断一个远方的号码

在高速公路上

在南方的高速公路上
隧道，比天空还要深远
不知道何时会暗
更不知道，光是什么

树木掠过，车身平稳
听不见车外的声音
我在哪儿都是流浪
只有奔波时，才像有家

理发

不要

不要

不要

我只要 10 元的快剪

谢谢

冬日电影

寒蝉不逃避冬日的雪花
它栖居老树上，躲开
霓虹灯的暖意
独自在影子里沉默

幕布里的女孩看 ta
幕布里的男孩看 ta
幕布外的人为 ta 哭泣
接吻，是随身携带的暖炉

这里的情景飞跃视线
变作雪天的万树繁花
寒蝉是勇气，微弱的光
并没有悄然就熄灭

植树

挖土
要掸掉身上的灰尘
提起铲子
慢慢地挖

栽苗
要洗去皲裂的手掌
拈起树枝
轻轻地栽

浇水
要打开蒙眬的双眼
拾起水壶
缓缓地浇

我们在郊外植树
也在心里种树
微微一笑
疲惫，变作宝贝

白衣

白衣，在他们身上
变作了白云
可以抵挡突然袭来的
无人知晓的血色
就像遮住刺眼的光
带来另一种亮色
他们不会下雨
悄然行走在人间
用话语呼唤新生
只是偶尔在家
会变作乌云偷偷哭泣
眼泪浸润了白衣
却更加晶莹
因为他们是天使
会盛放怜爱的笑容

听说了吗

听说了吗
这里下雪了
窗外白得洁净
屋内暗得干净

听说了吗
雪堆起孩子的城堡
雪人动起来了
孩子不见了

听说了吗
触不可及的冬天
人们说雪
我写春天

除夕

开灯刹那，尘埃
落成烟火
滚烫着的
沸腾进眼里
别！
除夕是新年的比喻
我落入了陷阱

胸痛的瞬间

我躺在床上，不得已守候
那凶猛的，胸痛的瞬间
我闭上眼睛
看到暴雨折断一片树叶
听见天空坠下一只昏迷的雁
它还留有最后一声哀嚎
我知道风中有人
也知道狂风刮破了伞
我睁开眼睛，一切景象消失
只剩一张麻木的脸告诉我
无限接近死亡
生存才会被人珍惜

我又哭啦

当我曾有一段快乐
我就很想哭给镜子看
当我画下一只鸟儿
我就很想哭给树梢看
当我听到一首曲子
我就很想哭给钢琴看
当我长大时发现
我是个小孩子，我很想
哭给认识我的人看
父母、爱人、朋友
我都会很骄傲地说
我又哭啦，这才是我

吃药

医生的眼神
端详过此处细节
我简单一点
把错过当过错

决定离开医院
误入一段急促
在空旷的城市里
——呼吸

吃下药的瞬间
万物都哭成病人
眼睛是最猛烈的
十字路口也是

追剧

无声无息，点开电视
不间歇追完一部剧
于是，你哭
哭这结局的悲哀
哭一个男子折断的剑
哭一只狗的獠牙
哭它不会再有续集

我狠，我见不得你哭
我偷换了一部剧
于是，我哭
哭这结局的美好
哭两个人的紧紧拥抱
哭你的怜悯之心
哭真实的我们

南方的夏季

今日出门，忘记一切
遇见熟人忘了问好
碰见一株玫瑰，忘了微笑
下雨时，也未想起过伞

南方的夏季乱中有序
抬头是乌云，低头是自己
不要抱怨太阳的迷失
因为我从来不下雨

我曾阅读的诗

我知道，我曾阅读的诗
都会在星空下化作月亮的列车
我是车厢里最幸运的孩子
透过窗户，星星和我诉说心事

曾在我心河出现过的诗
偷偷躲在云的间隙里
我驾着烛火微亮的光
路过，影子牵着我的手追风

当我第一千零一次翻阅
星星不亮了，云也消失不见
我把日记本折叠成小窝
原来，星星躲在云间
而云却悄悄藏在星光中

又失败了

好的，又失败了
比如哭着写一首诗
却只有我自己发现
比如哭泣时，为了自己
说一段谎话，却发现
世界都把我当作敌人
比如我是乱糟糟的时候
世界就开始华丽起来
比如我想融入他们
他们就学真实的我
也乱糟糟哭了几分钟

耳机

可以捡起一个秘密
自己收听自己的声音

可以清脆地敲一处钟
听一段别处的安稳

可以和前人交换一双眼
你为他哭，他看你哭

朋友拍拍我肩，告诉我
你的耳机漏音了

——平静。我心却如火
脸，在树荫里炼铁

减肥

减掉眼睛，减掉耳朵
减掉鼻子，减掉嘴巴
减掉沾染时间的水
减掉睡眠，减掉灵魂

然后，我有了
新的眼睛，新的耳朵
新的鼻子，新的嘴巴
沾染时间的水清澈
睡眠安好，灵魂降落

公鸡

一只公鸡在叫，像
我立在这山坡上
声音比它更尖锐，更
冷漠。我找不见钟
不知道太阳出现在这里
是几点几刻几个瞬间
我只管超越它，再
吼一声，猛地一睁眼
发现睡着我的床
就是我渴求的山顶
屋外，公鸡仍叫

剪辑

帮哥嫂带孩子
需要更快的心跳
我为小侄女录制视频
那是最简单的步骤
剪辑，才是壮大的举动
我在沙发上
剪掉小侄女的哭泣
我在卫生间
剪掉小侄女的吵闹
我在厨房里
剪掉误入的人
然后，只留下笑容
证明小侄女
也有快乐的时候
证明我，也有
——带娃的能力

健身

扛起杠铃，像扛起山脉
声音让耳朵失去重力
身体流起血色的河
眼睛在烧，空气在沸腾

放下杠铃，像放下死亡
一切在我身体里复活
旧影子在安葬。三月后
我用新手臂指挥火焰

在下雨的阳台等待

小仙人掌睡呼呼
这里灰暗暗，太阳飞走
我是天空的雨。沉甸甸的
向远处，哗啦啦流淌

我远望，天空轰隆隆
车子在扑咚咚
谁的小肚子咕噜噜
我傻乎乎，等待早饭

哎呀，眼神软趴趴
屋外哐当当，是门在叫
轻声开门，笑盈盈
门外，一个人湿漉漉
手中之物金灿灿的

眼睛乌溜溜，仔细一看

哦！天呐！美滋滋！

这是我香喷喷的外卖！

请客

朋友告诉我，在这里
需要变成一只野兽
需要磨练出一口獠牙
我看见一桌的菜
害羞的螃蟹红着全身
躲在盘子里歇息
一条大鱼在火锅里嬉戏
一群虾抱作一团
你一言我一语
我们听不见它们说话
那么，不要犹豫
也不要装作不好意思
十年来，朋友走过
我的全身。我说了几次
但他还不知，我其实
——对海鲜过敏

无聊

有时是一本法语词典
背过的单词再念两遍
j'attends，j'attends
然后等待一分钟，忘了
就是忘了。有时起身
像魔术师帽子里的兔子
蹦一下，出现。蹦一下
消失。或者也当忘了
有时闭起眼呼吸，幻想
我的脚下踩着地雷
我要比它先引燃
再突然不见。我不知道
这无聊的时候
比忙着流浪的歌手
还要疲倦。再忙碌

宽容

若把这事告诉母亲
就像把自己啃成骨头
然后，丢给饿狼
被啮咬，再被吞食

我猜测母亲无法容忍
她的儿子失去一块俗肉
我宁愿变成骨灰
拼命又小心，去消失

停！我说，我该说
我该睁开眼睛笑着说
这是她儿子的以后
更是我的一辈子

等一下，怎么回事？

母亲无法容忍的

原来是我的胆怯，以及

我无端对她的猜测

第七辑 思忖者

节拍器的忧愁

一声。又一声。直到结束
我都未能与它走到一起
后来，我关掉它
再后来，我砸碎它
我抓住内心的枝条
以为依靠自己的毅力
就可以枝繁叶茂，那样
学会一首高难度曲子
就像河底的鱼刺
我可以一一捞起，再数清
于是，等我走上台子
看向评委的脸，才明白
我是一个没有节奏的人
全身上下流满的血液
是被鱼刺扎伤的困苦
还有来自节拍器的忧愁

简笔画

所有几何，都是我的孩子
他们拼凑地球上的万物
晨昏四季，寥寥几笔……

直线射入他们的身躯
停下，按曲线运动
没有色彩，也没有工具

石墨划出的伤口
那是最简洁的痕迹，揭发
一个又一个点睛之笔

水上乐园

在这里，你可以放空自己
闯入水底像回到家里
把身体送给他人的眼睛
只留下自己的眼睛去观察
这里的水并不安静
人是聒噪的，心也是

当你只身一人在这里
你的眼睛会落在他人身上
当你和一个人，或者
一个家庭，把身子
推进泡沫里，你的眼睛
就属于你自己

你没有话语，你落入水中
眼睛在谁的肌肤上
都要看身旁的人是否归你
那是一个男人或一个女人
你的心里贯穿欲望
直到身旁来了另一个人

时钟

我在走，一直向右拐
嘀嗒……嘀嗒……
我的心脏跳得清澈，像钻石
晶莹剔透。不会停
我靠电池给予的力量
被迫生存
我想停，我的主人——
时间
不容许我有一丝懈怠
到底是什么在驱使我
日复一日地走
连休息和奔跑，都可能导致
连锁反应般的错误

笔记

好奇怪啊

这厚厚的潦草，被时间

撕成了薄薄的精致

鞋

奔跑。还在奔跑
踏了一双鞋，就可以
往一个方向逃
即使掏出了千万元
也只是买一双鞋
继续逃。逃到
下一个奔跑的起点

男人的眼睛

我可以把自己比作男人
因为我拥有男人的所有秘密
比如一双大手，一身肌肉
还有慈爱到令人感叹的眼睛

我坐在辩论赛场的中央
知道自己是一头野狮
却用慈祥的眼神，让对手哑口

而我的嘴，只是严厉的装饰品
我只会用它告诉对方
其实，男人的眼睛从不严厉

但我的野心可以把你圈在手掌里

永远逃不掉。直到

我拿下了看似第一的名次

再与你狠狠地分享猎物

玩笑

有说有笑，有玩有闹
俨然一把枷锁，打下
折断的双翅，被玩笑撕裂
我的心，早已锁上

贩卖拥抱

贩卖拥抱的利润
像我触摸不到的星空
高昂。卖家是勇敢的倾听者
聆听，一个又一个愿望

买家的诉说，在他们耳边
追求答案
遨游心灵的大河，学星星
漂浮在深邃的眼睛
明天，小舟就会上岸

我也是拥抱的追求者
即使怀里的人不善表达
我也愿意接受
他给我的一种快乐

男孩，他跑过银杏树下
模仿我购买拥抱，仰望月亮
解开心里的另一把大锁

有时，我们奢望秋天

我把这条小道的路程
尊称为最后的秋天
周围的人便钟情于猜测
那些出现的事物——
有时，几片古色的落叶
飘落成海的漩涡
它们曾栖居的巨型老树
是生长在漩涡的大鱼。风
吹动它的鱼尾……
有时是谁遗落的钟表，静静地
他或她将时间丢落在地
而无察觉
偶尔，一群大雁排着
一条长队，越拉越长——
像一根铁索，捆住秋的影子

我和一群孩子都奢望
秋天是右侧的山丘
能在天空下生根发芽
谁的体内都有一张孩子的脸
黑色的瞳孔装作看不见
那是冬天的产婆将准点抵达
收走秋天的落日，以及
不堪的时间留下的呼吸

当你哭泣时

我知道，你会像白云一样哭泣
突然掉进灰尘里，脸
灰蒙蒙的……

我知道，你一直想丢弃
被时间揉坏的纸，让它无声
落在累坏了的日子里……

我知道你正在偷偷看我
你说镜子外的人和我一样
也会悄悄把眼泪揣进兜里……

其实我也在看你，只是
眼睛里又放上了镜子，不小心
把你看成了爱笑的孩子……

树影

以一棵大榕树为支点
我从下往上，又从上往下
研究这柄驻守的绿色
无人会伸出指尖画它
或执这柄虫豸酿造的大伞
它缝补天空的眼睛
填埋大地，深沉不过
春天气息的泥淖
日出和日落，换作
树影铺平了街道
我呼吸，在它的躯干
看见细水长流
树影是沉默的另一张脸
誊写着：我很自然

相机和话筒

大地的浪花拍打着森林
唯有相机和话筒
可以赞颂这个世界

生命的灵性敲击着智慧
唯有相机和话筒
可以评价这个人间

我是Z

排成直线时
我是最后
排成圆圈时
我在第一的前头

镜子的反应

鸟鸣。我的脸在镜子前后同步
八点一刻，两层泡沫圈住了彩虹
真与虚、吞与吐，水都路过
悬挂唇边的刀子，如除草
如地皮干净，像镜子的反应
似乎什么都没有——

我的身体被迫分割成两个
总是一样到天衣无缝。除了脸
我不希望有什么不是残缺的
然而它们总是独一无二

从完美的意识里逃出来
再追求达到。我以为
疯掉的是镜子，但它不会认可

那个人是我。镜子里

只有一个躯壳。镜子外，心

已经准备起飞

天黑时，它才会安稳地降落

文字

车来了

一缕烟圈，从男人的嘴角溜出

被空气吞食

拎着扫帚的老人侧目

一根香烟，从男人的指尖坠落

文字

开始在他们的嘴角相互跳跃

车走了

地上香烟的尸体，被公交的脚丫

拖行。男人追赶过去

文字依旧从他的嘴角出生

怪风卷来泛黄的纸张

堵住男人的脸

一堆文字跳进男人的嘴里

盘山公路上行驶的汽车

日出，我在山顶观望
汽车如侠客，若隐若现
它从盘山公路的左端
似轻功，于右端消失
路缠绕山丘，行驶的汽车
如串连的珠子，愈多
它们一半逃离地心引力
向山的外太空飞行
一半接近海平面
降落在山下，隐士手里
宝贵的藏宝秘卷上

奔月

——致『嫦娥』

你看，你奔上月亮
还有玉兔儿做伴
你吞下一颗药丸
就把大人换了小孩

你看，我也想努力
奔上这月亮
在上面插上旗帜
远方的人就不远了

七年

——为怀念『南康白起』而作

爱过七年，无法
等待下一个七年
你坚信寒冷的江水
可以将余下的眼神
补上微弱的光线
你的祝福，比不过
江上将要褪去的黄昏
你看，水中的蓝色
闪着七年的微光
你奢望一场婚礼
却是他人唾手即得
我知道七年长久
所以，我与你一样
却也与你不同

断背山的人

——致『Ennis』

你的眼睛还在逃避吗
你的心跳已经砸穿了身体
群羊不是为你一人而走
你们和猎狗，才是那一座
有了呼吸的断背山

你的嘴唇因为什么湿润
Jack 是心里的名字吗
但你无法悬挂在嘴边
你把快乐压于另一人
把痛苦压给了整个世界

你相信你只有断背山吗
你把一切交给山外的所有
只把一人留在这里
你还要带走他的衬衣吗
那就不珍藏，让他靠近你

你的名字里

——致『Elio』

你可以回头一次，用你的眼睛
和摔残一生的手臂，望着
或是牵着他向前骑去

你留不住他的拥吻，逃不出
他眼睛里兜兜转转的湖泊
你却用瀑布和池水
遮住了本就是自己的自己

炉火会熄灭，你若哭泣
它就会早于你成了灰
飘在这个地方，又无人
可以找得到你的名字

你没有呼唤他的名字
木门在冬日里融化成铁
你记下了所有，忘了
“请以你的名字呼唤我”

你的名字里，不见他的痕迹
那样，所有春日之外的声音
都离他远去，朝你奔来

骂

我做错了
有人说，被骂
该要受着

我又做错了
有人说，多骂两句
那就是爱

试验·心形

我习惯于在日记的第一页
和最后一页，画上一个心形图案
就像我的出生和结束，都是
被爱簇拥的襁褓。来时是个孩子
走时像个孩子，那样
字迹才会在我空白的日记里
开出一朵粉色的康乃馨
今天是 2023 年的某个日子
一段文字以其独有的温度
在内页画下了一个隐秘的心形
——我必须在这个时候以大人的姿态
展示我的成熟，因为
诞生于辛劳中的人，在辛劳时
是最为轻松的。那是熟悉到
我的左手也可以平稳地写字和绘画
所有在日记上的痕迹，就像
所有在我心河上的小船，泛起
数不清的波浪，都是心的形状

试验·皮囊

一副皮囊敲开我的房门
我躲在衣柜里，不敢呼吸
烛火透过漏光的间隙
我的眼珠随皮囊旋转，警惕
这无时无刻会袭来的潮汐
他摩挲我床边的西式礼服
在烛火的怂恿下，穿上
又以一个孩子的皮囊
坐在我常年书写的木桌旁
羽毛笔在他的手里舞蹈
墨水弹奏神秘的旋律
我瞧见他的背影，蝴蝶
在奔涌而出……
他消散了，无人可知
无影无踪。我释放呼吸

逃出衣柜，牛皮纸上
两个字跃入我的皮囊——
“和解”，我嗫嚅
来自孩子的皮囊写下
这份请柬，我是否要赴约？

试验·临摹

夜色，我临摹咖啡桌上
酣睡的老猫。铅笔的吻痕
撕开一条恐怖的黑色
封尘已久的车灯
砸碎咖啡店的玻璃
老猫跑了，只是一瞬间
从素描纸的左侧
跑到右侧。我擦掉线条
等它平静，重来一遍

黑色揭开伤疤，隔壁
男人吹响小号
圆舞曲，把我的老猫
推倒在地砖上。它跑了
从纸的右侧跑到下方

我试图熄灭心里的火光
等它平静，又来一次
橡皮抹杀线条，黑色
划开一张新口子
一只老鼠离家出走
我的老猫跑了，我猜测
他们私奔。一对天造地设
火光猛地黯淡不少

夜色，我临摹咖啡桌上
酣睡的花瓶。它可不会跑
可恶！情猫和情鼠
砸烂我的花瓶
火光，又泛滥起来
还是祝福它们吧，这样
夜就有了色，火光
不会烧了我的咖啡店

试验·清早

这间卧室弥漫香气，我看不见
是什么香？诱我飞行
奔出地球的另一边，在云端
舞动芭蕾。天鹅的羽毛
云湖里湿水、跳跃
收翼，又在这间卧室降落
奇怪，到底是什么香？诱我
在蓝色的镜子里游泳
呼吸。这一刻，我的鼻腔失明
到底是什么香？诱我歌唱
眼睛打开窗户，我听见
安静的喉咙，在卧室里点火
灵魂的芳香，拍打我的脊背

试验·万物江涛

一个被我奉为愚者的男人
双唇在收缩和扩张之间，捣鼓出
关于“万物江涛”的奇妙脑洞
我只需要聆听一下，江底的岩石
便化作我的躯体。他抿唇
万物流过我的眼睛。大江的浪涛
在他的齿缝里刚柔并济
水是天蓝色的，柔软如猫
在四处为家。偶然间
又变成透明的钻石，坚硬
令人向往。这是一种神秘的话语
物质如它多变，它如水善变

试验·惺忪

请珍惜这瞬间的晴天吧
或许你不知道，这一刹那
潮汐都为我驻足，风帆
割开褶皱的蓝色液体
海鸥归家，沙粒碎成珍珠
头顶的镜子，失去方向
我看得见你眼里的文字
铺平下一个晴天，妄想
屋檐下躲雨。今日的气象
你看了吗？我们原本
都是晴天，下雨
是你的契约书。我才是
在雨里奔跑的孩子

试验·虚伪情意

那朵花瓣止息在他的脚底
他笑。那与血红的玫瑰花
遥远的距离，不过只是
一双沾满尘埃的皮靴子
再算上靴子里会漏风的长袜子
今天，他终于意识到了
这隐藏在其中的可怕秘密
哦不，仅这一瞬间
他尽心取下皮靴子和长袜子
以及那朵没命的烂花瓣
慢吞吞塞进疲惫的旅途背包里
那样，这无垠的大地
便躺在他的脚下，绽放出
一朵又一朵血红的玫瑰花
他呐喊

“玫瑰花绽放吧，
玫瑰花绽放吧！”
他呐喊
“绽放在我的心上，
而不是我的脚底！”
他声嘶竭力，脚趾头
已经扎根在泥土里
只可惜震碎了玫瑰花的嫩芽
旅途背包里的烂花瓣
也碎成了粉末渣子

歌颂生活
——致自己

是不是都在歌颂生活?
那些来自远古的人已经踏出了一条路
我们的眼睛识别方向，耳朵辨别方向
一切错误的、正确的
那些于某一个人而言的认知和选择
不足以构成清晰的证据
不足以咏诵我们的生活

郊野的路，你该知道
伫立在旁的我和幸运的孩子打过交道
眼睛能让花儿开在心里
耳朵能让乐曲响彻身体

视觉和听觉依附于我的海洋

它旷阔，能鲸吞所有虚构的事物
这是想象造成的诱惑
我们失去了下半身
失去的，未走过前人开辟的路
“眼睛似乎失聪了，以至于耳朵也失了明”

窗外的银杏落了，哭过的孩子笑着
书里的银杏落了，笑过的孩子哭着
哪儿的人会这样奇怪？
用书里的句式歌颂生活的内容
用生活的故事歌颂书里的影影绰绰
你见过一个活在书里的人吗？
他从不了解生活，却在歌颂生活

《枕中》后记

我记得很清楚，我最开始写现代诗，是在十四岁的时候。那时我初二，班上办了个写诗活动，语文老师带我们到校园里观察花草树木，按小组的形式，选择一个植物，然后写一首诗。其他小组选择的，都是那个城市里最常见的花或树，至少有两三个小组选了凤凰树。但，我们小组选择的，却是在花坛里悄悄生长的紫竹梅。至于为什么呢？其实很简单。我是一个很喜欢新奇东西的人，恰巧又是我们组的组长，也是我们组成绩最好的人。于是，我选择什么，组员都会随声附和我，觉得跟着组长的步伐走，势必能拿到第一名。确实如此，后来语文老师给了我们组很高的评价，还奖励了我们好多本子和笔。

可我们组的那首诗，真的是以情动人吗？我想未必。我们只是觉得这种植物很新颖，就不假思索地把它写下来。怎么写呢？不就是喊喊口号夸夸它，或者是说它如何坚强地生长吗？可是，它生长在花坛里，是依靠了自己的坚韧不拔吗？那肯定不是，它是校园里的观赏植物，是有专门的种植人员来负责呵护成长的，哪里需要依靠自己？所以，现在想想当时写下的那首诗，虽然已经找不到原诗了，但我确信，我们一直在为它造假，用我们的虚情假意，给它安上了一个不属于它的“坚韧”头衔。

初中的生活其实很快乐，没有什么特殊的经历，所以那时，我写下的文字总给人一种矫揉造作的感觉。后来因为要中考的缘故，我又在城里读书，为了拼重点高中，就没有什么时间再去动笔写诗。那时我真的以为我站在了人生的巅峰，只要稍稍抬起脑袋，我就拥有了无尽的风景。可是初三的时候，一次变故，却狠狠地往我的头上泼了一盆冷水，是真的冷得刺骨，又冷得心寒。

那些日子，我倍受煎熬，每天都在崩溃，即使偶尔站起来了，可一个踉跄，又栽了跟头。我受不住这里的环境，就和爸妈说，我想转学回家。那时我对家乡的认识，只停留在偶尔一两次回家过年。我出生在城里，长在城里，爸妈说我回去了，指定会更难受，说乡下可什么都没有。所以他们想尽办法，哪怕被更多白发缠上，也一直努力，为我争取到去隔壁初中走读的机会。可我太感性了，似乎一点理性都没有，就一边哭一边执拗地跟他们说，我只想离开这座城市。没办法，爸妈斗不过我，又心疼我，就让我回到了家乡。但他们还要在城里工作，为了这个家，一直拼命。

故乡和大城市是实打实的不同。风景不同，人也不同。跟人沟通用的是方言，我甚至需要听两三遍他们的话语，才知道说的是什么意思。在这里，陪伴我的只有老一辈的亲戚。我不知道，我和他们可以交流什么话题，所以显得更加孤独。没人说话，我就只好重操旧业，提起笔来写写诗。那段时间的诗很“emo”，很伤感，写出来总让人觉得，我像是被这世界完全抛弃了一样。可是管他呢，那时我觉得，这才是真实的我，这才是真切的情感，写就写了，没有什么大不了的。

中考前段时间，我报了初中起点的师范。家人、老师、朋友都纷纷跑来劝我，跟我说："以你的成绩，读高中更有希望。"但我还是一意孤行，又执拗了一次，去上了师范。五年制师范，说长不长，说短不短，转眼间就已经快要毕业了。

读师范期间，我不太写现代诗，只是偶尔写些细碎的文字，记录生活或是宣泄情感。有一次，我突发奇想，想学写古诗词。于是我买了些诗词创作的书去钻研，看懂了大部分，但更为深奥的内容，实在难以理解。于是我大着胆子，在网上千方百计地找，联系到一位写诗的老师，盼望着他可以教教我如何作诗。一问才知，这位老师是写现代诗的，并不是古诗词。就这样，误打误撞，我又开始重新拾笔，着手写现代诗去了。

每次写完诗，我就问老师写得如何，老师总是悉心指导我，告诉我哪儿写得好，哪儿写得不好。他还说，写诗要多写、多修改，如果不知道怎么改，就把诗歌放一段时间，后面再看，就会有耳目一新的感觉。曾有一次，他说我的诗，意象很不统一，还举了一个十分有趣的例子，让我记忆犹新。他说，如果把我的诗换作写医生，正常的诗歌里，意象大多是白大褂、手术刀、镊子、药丸等等，可我的诗里就会突然蹦出一把"斧子"，让人目瞪口呆。于是，我遵循这条法则，每次写完诗，都先把意象圈出来，看看是不是有哪些"不乖"的词，趁我不注意，偷偷闯进了我的诗里。发现了，我就赶紧把它拎走，要是没发现，就过段时间再来看看。如果再看也没什么问题，我就会放心大胆地把这首我自认为还不错的诗，存进电脑里面。

后来，我把我写的诗都整理到了一起，总体一看，简直太灰色调了。要么是没有情感、冷冰冰的诗，要么是矫揉造作、为写而写的诗，或是太过悲伤了，看得自己都提不起精神来。于是我把这些诗修修补补，加上许多美好的元素，再仔细一看，才发现，我的诗竟也可以这么温柔。其实这才是真真切切、货真价实的我，以前那些诗，总是试图传递悲伤的价值观，或者模仿他人创作，结果到头来邯郸学步，没有人认可我的诗，包括我自己。

现在的我是全新的我，我也在慢慢成长，我知道世界是美好的、精彩的，只是我没有换另一种眼神、另一个角度去细细观察。所以我觉得，不管何时何地，诗歌都更应该是对人间美好的记录。于是我挑了挑，选出了这176首诗歌，整理出了《枕中》这本诗集，想把自己最绚烂的一面，展现出来。也许在这176首诗中，我会开门见山、直抒胸臆，或是含蓄地书写美好。这固然是记录美好人间烟火的一种表达方式，但有时候，书写人世间不美好的一面，又何尝不是为了表达自己所期望的美好呢？当然，我并不是说只是一味地去写人间不美之处，而是将不美好的事物化作美好，用心感受，再用自己的真情实感去勾勒世界，用善良之笔去描绘人间。所以我的诗里，也许还存在着一些残损的忧伤，不过没关系，换个想法看看，是不是也是一种幸福？

曾有一个朋友问过我，美好的情感真的会长长久久吗？就比如我在诗中写下的亲情、爱情，以及我对生活的各种渴望。他说，如若我书写了美好，却在未来发生了变故，又该怎么办呢？我想了想，笑着回答这个朋友："过去的已经过去，未来的还未到来，既要写诗，何不写眼前的故事呢？我们没法体味过去，也没法预测将来，珍惜现在，便是安好。"

是呀，因为遇见了美好，所以我愿写诗。因为遇见了美好，所以我有了写诗的灵感和素材。那么写诗的话，就去寻找美好的瞬间吧。如若是遇见了让人不快乐的时候，那就先大哭一场，等冷静了，也把它写下来，去寻找藏在其中的美好一面。这样一来，改变自己，也就改变了眼前的人间。

不过，世界不是一个人的，也许你我会有不同的观点，不过没关系，只要我们能幸福快乐地过着，就已经足够了。感谢你读完我的诗、了解我的人生，也愿你可以像我一样，在经历过万般艰难之后，可以善待自己、善待世间万物，乐观地生活，开开心心一辈子。让我们一起加油吧！

2024年5月25日

江西抚州